新时代诗库

跟着河流回家

林 莉 著

中国作协"深入生活，扎根人民"主题重点作品扶持项目、江西文化艺术基金资助项目。

中国言实出版社

图书在版编目(CIP)数据

跟着河流回家 / 林莉著 . -- 北京：中国言实出版社, 2022.11
ISBN 978-7-5171-3878-5

Ⅰ.①跟… Ⅱ.①林… Ⅲ.①诗集－中国－当代 Ⅳ.①I227

中国版本图书馆 CIP 数据核字（2022）第 231413 号

跟着河流回家

责任编辑：郭江妮
责任校对：邱　耿

出版发行：中国言实出版社
　　　　　地　　址：北京市朝阳区北苑路180号加利大厦5号楼105室
　　　　　邮　　编：100101
　　　　　编辑部：北京市海淀区花园路6号院B座6层
　　　　　邮　　编：100088
　　　　　电　　话：010-64924853（总编室）　010-64924716（发行部）
　　　　　网　　址：www.zgyscbs.cn　电子邮箱：zgyscbs@263.net

经　　销：新华书店
印　　刷：北京中科印刷有限公司
版　　次：2022年12月第1版　　2023年4月第2次印刷
规　　格：710毫米×1000毫米　1/32　6印张
字　　数：100千字

定　　价：58.00元
书　　号：ISBN 978-7-5171-3878-5

《新时代诗库》编委会

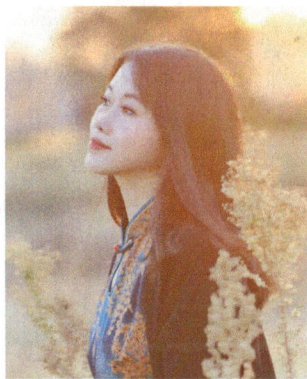

林莉，中国作协会员，江西省作协副主席。曾获 2010 年度华文青年诗人奖、2014 江西年度诗人奖、第九届红高粱诗歌奖、第七届扬子江诗学奖等。曾参加诗刊社第 24 届青春诗会，就读鲁迅文学院第十八届中青年作家高级研修班。诗文见《人民文学》《诗刊》《中国作家》《十月》等报刊，入选各年度选本。出版诗集多部。

Lin Li, member of the China Writers Association and Vice President of the Writers Association of Jiangxi Province, has received the "Chinese Young Poets Award" in 2010, the "Jiangxi Annual Poet Award" in 2014, the Ninth "Red Sorghum Poetry Award", the Seventh "Yangtze River Poetics Award", etc. She also attended the 24th "Youth Poetry Club" sponsored by Poetry Magazine and the advanced training class for young and middle-aged writers at Lu Xun Academy of Literature. Her works were collected by "People's Literature", "Poetry Magazine", "China Writers", "October", etc., and made into the annual selections of those magazines and presses. She also published many poetry collections.

目 录

CONTENTS

第一篇　序曲

第二篇　风物

第三篇　众生

第四篇　节气

第五篇　田园

第六篇　大河

第一篇

序曲

有烟火，从它母性的方言里脱颖而出

有族人，带着山水使命在此穿村越野

山水入骨，一往而深

——《马溪》

序曲

河很静，倒映着群山的祖母绿

在其间劳作、繁衍的族群

如一头狮子，出没在它的潋滟光影中

起源

天地玄黄

金木水火土

泽被山川，方圆百里

多盆地，丘陵、林场、溪涧

其土赤金，其水青绿

山有其名曰石耳山

中有余脉为莲花峰、笔架峰

水赋其形曰马溪河

分支桐溪、丰坞、清溪

碧水从山中而下，过峡谷

汇聚于湖，如白马奔腾

千里归于海

村落依山崖而立，梯田交杂

族人自中原迁徙至，刀耕火种

从商务农，晴耕雨读，代代无穷

天地玄黄，金木水火土

五谷遍野，循四时生息

山河青绿，长卷开合

人面在青瓦白墙烟火间升起

谱载

六百多年前

有曹氏族人，从北南迁

某日至山脚下耕田欲返之际

耕牛迟迟不意归

其于耕牛前一堆柴火边暗道：

若明早吾归，此火堆不熄

则此地宜居也

黄昏回返前，其又将

手中赶牛的竹鞭插于土中

翌日，来到田地里

见火堆余温不绝

插入土中的竹鞭绽放新叶

其得天意

遂带领曹姓一脉迁居于此地

至此，村落雏形初现

子孙后世枝叶相继

山河，依次打开它的宝册

族人

芸芸众生，男女老幼

同饮一河水，皆食五谷粮

三百六十行，耕读传家，日增月长

朝露草芥，生死交替，永以为续

崖壁上的村庄

三面环山，东有河流

六百多年前，得名于马溪河

故村有名为马溪村

其间屋舍俨然，田野耕种有序

四时草木庄稼萌长，各得其所

陶陶然，不问日之将夕，水流长去也

这里的礼孝、诚信、忠义可据可考

在雨夜，清风不识字

自顾翻动它古老的村规和家训

在雨夜，一个人目光如炬

从泛黄的纸页走出来

成为一方水土骄傲的祖宗

有一条河

村之东，马溪夹山而出

其间青山回环，村舍傍清波

乡邻笑面盈盈，犹若桃李点点

山孕千峰，溪生九曲

桐溪是上阕，清溪是下阕

中间的部分，是待阅读的生存史

一支斜伸水中的芦苇，减缓了

它奔忙的速度

有一座山

村北麓，骤然见山，名为石耳山

其势陡峭，巨峰巍然耸矗

山脉蜿蜒相扣，状如展翅大鹏

中有山涧瀑布直泻而下

音色铮铮回环，心神涤荡

山体树木花草丛生，徒有大石兀立

石中皴纹，历历可辨

条条有若时间的河流涌动

藏着光阴之密道

山路有驼队走过，人畜小如蚁

待峰回路转之际

天地苍苍，山色刚蓝

大鹏转化为桀骜巨鲲

溯游在滔天云海里

有一个村庄

青砖黑瓦、马头墙、古民居群

一扇门后的标语

时间，在这里老去

生锈，又泛出生机

古桥垂下枯藤

一条小河，显得过分安静

于青灰的光中穿桥而过

一个斑驳的旧址后面

有一块菜地

那里，穿蓝卡其布衣服的老伯

在拔蒜苗

一旁的白菜，生菜，长势喜人

叶片鲜嫩碧绿

像是从久远年代发来的

一封秘密电报

马溪

河水淙淙，它的上游压着一卷古籍
一只大白鹅银亮的嘎嘎声

有烟火，从它母性的方言里脱颖而出
有族人，带着山水使命在此穿村越野
山水入骨，一往而深

有时它清澈见底，照见一句唐诗里
翠鸟碧绿的啁啾
有时它脱俗，专心陪生活在此的人们
从油菜花丛拐弯，有时它离烟尘很近
于浣洗妇人的菜蔬和床单
中滴落

当它生起炊烟，它就流成一部野性的民间史

石耳山

此山，可见人间绝色

一树红豆杉慢吞吞吃掉了千年时间

还让一堵老墙上，存留一行斑驳的宣言

那是一粒火种、一颗星宿的原型

默读到它的人，时而沸腾时而泪涌

峰峰相扣，林木苍翠

古杉绿，云深，鸟声大，世事小

择一日，入莲花峰，笔架峰

寻志士、隐者、布衣以及

滚滚白云

老屋

老屋住着书生和白狐

后来，一块石墩上

商贾、草寇、侠客

也在那里坐了很久

到了某年，又来了

木匠、石匠和炼丹者

流浪汉以及采药人

光阴流转

老屋几经损毁、修葺

活了下来

直到所有人都离开后

余一株白梅，在石头墙边

一边开一边落，一副清瘦的模样

初春时

有乡野孩童，叽喳着跑过去

小小迷彩服搅乱了一地清寂

丘陵

叮叮当当走过去的铁匠

骑着一支竹杖的风水师

瘸腿山羊和青牛

瓢虫以及南瓜花

挂在树枝上的果壳与蝉蜕

流水带来了他们的影子和消息

暮色又将其涂改

在这无限次的出现和消逝中

丘陵自有其放弃和所持

古驿道

青石板已磨损，苔藓和婆婆纳

从石缝中蔓延而生

几棵古樟，远远斜伸过来

麻雀依然在这里跳跳停停

但已没有了昔日的马匹、挑担的商贾

也没有了迁徙和征程

一条青石小路，留在山野

在时间的更迭中

回到了路的本身

不再局限于任何历史、事件

静静地，蜿蜒、向前，走得很远很远

此刻

路中间的一块陈旧青石上

露出了几个模糊的字迹

"往浙、皖——"

草图

给它临水的石拱桥，夕光中族人的倒影
石桥静默，仍在光阴中流转

给它一条石皮弄，青石板路上的脚步声
从最窄的转弯处，时隐时现

给它一枚手工盘扣，锁紧一座小村的古色古香
多情的族人，守拙于无言的美意

给它青团和荷包红鲤鱼，袅袅炊烟
从祖母的呼唤声里升起

给它流水、梯田，一句缓缓唱出的山歌
给它悲欣交集时的两行热泪和欲言又止

时光

鹧鸪声声，青梅消失于雨水的时光
拎着绣花鞋，从陡峭木梯走下的时光
古戏台上，咿呀着抖开水袖的时光
逼仄弄堂里，侧身不期而遇的时光
月色流淌，族人千里回来的时光

时光慢，流水生出粼粼皱纹
镂空小窗里晃动的桃花人面，皆是
一顶春风的花轿
抬来的马溪里最美的新娘

瓦檐青苔，烟雨中的红灯笼
石桥上，撑伞独立的人
老掉牙的故事，黑白灰的底色
既喜悦又忧伤，这是缓缓老去的时光……

夜色将黑未黑，河面上青烟淡淡

浣洗而归的人身影模糊

流水织出山河图

一个怀乡者疲惫归来，一把同心锁

在细雨中生锈，这是——

等一根绣花针刺破寂静的时光

火焰

清晨，从山边

走来两个妇人

一个挽着一篮子

栀子花，另一个

戴着草帽，肩扛锄头

淡淡花香和泥土味

在空气中飘散

一股热流，暖暖的、滚烫的

四处烧灼着

说不清，到底为何会猝然心动

那两个人，拐进山中

群山，升腾起浓浓绿焰

万物相互蹉跎，彼此托付

云雾

小学校的操场

红旗招展

四下无人，教室也是空的

其后，群山升起大片云雾

在此站久了，看久了

容易走神

当云雾翻涌到山峰的另一边

可见低处

铁轨上走着修路的铁道工

橘色帆布马甲，时隐时现

此时，物的存在和消逝

漫无边际

四周充斥着

布满惆怅和兴奋感般的电流

荒地中

你会看见一部悬疑小说

南瓜藤下结着蛛网

却没有蜘蛛、猎物

还会被一句诗拦截

蛛网细密，空晃朝露

最后，你在一个寓言里

遇见挑着粪桶的人

他正将桶放下，取出黑色粪勺

把那些肥料泼向南瓜藤

和缀满露水的蛛网

河埠

左边几块青石板，光滑

沾着菜叶和鸭子羽毛

右边是麻条石，裹着泥浆

青苔

要到洗刷声消失后

竹篮、簸箕、木桶跟着

搓洗的人离开

埠石里刻着的字迹

慢慢显露出来

粗糙、模糊

在阳光的照射下

发亮、发烫

也会如同神秘的暗号

被月色充盈

等着谁身披夜露

前来细细辨认

族人在马溪

1

族人在马溪
那时，三条河道和五座石桥
裹在迷蒙烟雨中

2

蝴蝶从水面飞过，仿佛是丝绸上
最精湛的一幅刺绣
独自站在烟雨长廊里看烟雨
没有说出的赞美
都变成了雨点

3

在此地，此处
在一朵开到最好的杜鹃花蕊中
灵魂如孤独的蜂，吸吮乡愁之蜜

4

从石桥上走过，人间的福禄

世上的清欢，互相交集，此消彼长

雨停后，天蓝云白，鸟鸣声声，如动了凡心

5

潺潺流水在唱一支清亮徽调

手工小吃店在卖一瓶瓶剁椒、辣白菜

一道彩虹照亮一个忧郁的归乡人

6

石雕馆，一片青石如一个秘密暗号

木雕馆，枯萎之物重新复活

作坊，丝绸、粮食、诗，被粗糙之手打磨

7

雕花木窗吱呀开了，探出的身影

蓝色，具布衣之美，他或她

有带烟火味的悲欢，这憨厚的族人呵

土生土长，一生都在小村兜兜转转

8

愿是晨曦中浣洗的乡邻

愿是某个民宿里操劳的厨娘

愿是浪迹天涯的风雪夜归人

愿是老墙边开了又枯萎的花枝

9

无我，无物，无思邪，只有

一座浓缩了千般滋味的小村

在南方根深蒂固

三条河道和五座石桥

裹在迷蒙烟雨中，充满隐喻和象征

10

族人在马溪，族人在马溪

念念不忘，勿需回响、应答

第二篇

风物

族人修灯、火光亮堂

日月轮转，吐出红焰和清辉

——《花灯》

土地

风吹过梯田

谷物生

族人驯牛马，晴耕雨读

六百多年了

马溪在风中又涨高了几寸

倒映着门框上的一对红楹联：

土能生万物

地可发千祥

傩舞

来呀

舞之！蹈之！

羽毛、爷头、弓、剑、木棍

古老的器物在说话

面具后面，忠奸贤愚、喜怒哀乐

逐一上演

古朴、粗犷、夸张

从兽到人，从巫到灵

锣鼓敲击，热血偾张

一方水土

每一种风俗志中

都有不可言说的部分

来呀——

舞之！蹈之！

在倒叙的时间河流里

祖先们走出来，向一只"犭回"[1]发出了

---

[1]"犭回"：相传为古时山中独角怪兽，形若狮子而非狮子。

"呦呵呦呵"的吆喝之声

那最原始的部分，世世代代

存在着奇幻的的力量

和神秘美意

傩
舞

花灯

狮与龙，莲与船
鲤鱼与白马

木生水，火生土
土生金、金生水
水生木

族人修灯、火光亮堂
日月轮转，吐出红焰和清辉

晒秋 [1]

屋顶伸出的竹晒簟里

摆满稻谷、辣椒、玉米、花生

人们沉浸在劳作和收获的喜悦中

着迷于把看得见的生活

一种生存法则

红红火火地置于天地间

那时谷仓饱满、河流丰盈

一只盘旋的燕子为何忧伤？

一缕不肯熄灭的烟火，为何

总教人怅然若失？

---

[1]家家户户在屋顶搭起晒架。这种晾晒农作物的场景叫作"晒秋"。晒秋景观符
号入选最美中国符号。

井

燕子飞来，杏花开

妇人洗菜浣衣

男人打水，趴在井边大口喝

铁皮桶、木桶里的泉水

在春风中晃悠

好不热闹

后来，有族人

拍了一段废弃的古井视频

在抖音上播出

点击量大的惊人

那时

一口井，很老很老了

长出苔藓、青蛙

在发青的石壁里

冒着丝丝水气

几尾鲤鱼游来游去

红的、青的……

农具

这是犁铧，镰刀、耙

这是锄头、砍柴刀、纺车

这是水车、风车、石磨

这是箩筐、水桶、扁担

泥与铁、谷物与器具

金木水火土，相克相生

一只菜粉蝶在其中转来转去

最后和它们一起飞出了农耕时代

石雕图

在马溪，随处可见

石块上雕着精致的图纹

孤马图、飞鸟图、射羊图

驯马图、狩猎图……古朴、粗犷

犹如奥秘的天象

和一部活色生香的生存史

这时间深处的符号、美学、信仰

它是一座山脉的图腾，也是山脉本身

它被时光磨损又被时光雕琢、孕育

没有风，但看见风的影子

没有火焰，但偾张着燃烧的激情

没有呼喊，但暮色中

一丝忧伤顺着石头的纹路泅开……

木雕图

一只山羊，要在斜坡里栽几个跟头

一匹马，如何从历史的风烟里冲出来

迁徙的鸟，会在天空的册页里

写出怎样的历险记

疾风中，古老的线条在说话

时间久了，一只凿刻它的手

会从云雾中慢慢现形，粗砺

饱含生命力。而看到它的人

会被还原为

一头山羊、一匹马、一只鸟

走回到木头里

砖雕图

一轮太阳，刻进它的骨缝里

散发光芒

一群山羊、狼，还在其中奔跑

一把弓箭，发出啾啾之音

一片鸟羽，在轻轻滑翔

时光的幽静之处，从它的里面

走出来一位乘骑征战的族人

一块褪色的青砖，也会

在圆月之夜开口说话

一个族群的生息繁衍

被神秘的纹理篆刻、记载

老街

老街很老，那个九十多岁的老人
靠在木门边打盹，面容慈祥
而铁匠铺、竹篾铺、榨油坊
跟随一朵古色古香的云

老街又很时尚
千层饼铺子，书屋、咖啡店
人来人往
埠头的客船半枕山水春意
门口的青砖布满时光的记忆

远去了，曾经的破落、冷寂

此刻，河深水碧
石阶边，从老街走出去的人
又回来了

驿

在这里
会遇见一位和亲公主
或是运送茶叶、盐的商贩
一个眼神温暖，带着口音的老人

当然，还有一条河
从此处，被风吹向远方

一个凉亭，一半立于大地
一半埋在土里
蓬草与黄花，托举着它

长途，空无来人
废弃的遗址上，会拾到
一片残损瓦当
一块泪痕未干的丝绸帕子

马蹄的微响中

驿

驿，梦一般……

茶馆

一面临街，一面靠山
中间是雨中的白墙青瓦
一盏灯笼显得恍惚

老粗茶，旧粗瓷杯
磨损的蓝桌布
雨夜，茶汤泛黄，那气味
若有似无，很快就会转浓

如果此时
在木桌上蘸着茶水写到：
来吃茶
这气味就接近虚无
不过是
在茶馆，等一个乌有的归人

映山红

一座石耳山

腾起了火烧云

一簇簇、一丛丛

一条马溪河

长出了胎记

野性的、原生的美

春风吹来热焰

细雨中，红光闪亮、花朵醒来

河山陷于沸腾般的眩晕

野鸭

最先看见的是乌桕、苦槠树

在岸边，被风吹红或变黄

接着是一溪清水

自在流淌

这时，世界是宁静的

直到一只野鸭的加入

不，是两只

它们互相啄洗羽毛

间或叫唤一两声

当一只野鸭离开了另一只

消失在茫茫水面

一层毛茸茸的

清冷波纹

撩拨着沉寂已久的大地

白鹭

小路尽头

晚霞中的河水，泛起迷幻波纹

沙洲新柳，吐露鹅黄

一只白鹭

远远的，站在其中

那样安静，镇定

将自我隔绝在

一个空寂无人的世界里

现在，它不是沃尔科特

或者杜甫

看见的那一只

当它从波纹中飞起

穿过沙洲、柳枝

消失在暮色中

它仅仅是

马溪河上

一个白色的悬念

迎风桥

一灯如豆。族人过桥
又消失在浓雾里

溪水的回音中，迎风桥
更像是时间放养的一条迷人而孤独的小径

风，曾经把桥推入顿悟后的虚脱中
桥，也会把风送到暮鼓飘渺的远方

风在吹，风梳洗着桥下的流水
和桥上的人

六百年了，它沉默着
对山峰上一弯陌生的月牙儿遥遥一拜

古树记

一棵樟树，360 岁
另一棵樟树，310 岁
还有柚子树，216 岁
红豆杉，501 岁

如果你正从
如此古老的绿荫下走过
一股来自地心的沉沉热力
触电般，在你的心头踩踏

但树本身并不表达什么
暗自朝雾中又长了一寸

在万物变迁史中，只有
伟大的忍耐和无从言谈的情意
才配得上这遗世独立的孤绝及沉默

野禽

沿着河岸，逆流而上

透过树林

远远地，一只水鸟

在河里自在嬉戏

护林人说

这是一只尚未成年的雄性

中华秋沙鸭

每一年，候鸟们在南北之间飞

"但有些，并不能按时回返

消失在迁徙的路途……"

恰如你所见，此时此地

阳光稠密，野禽平静地

顺从一种

神秘的秩序与意外

没有风，也没有羽毛从天空跌落

晚霞

三个去铺虾的男人

回来了

三个塑料桶里

小龙虾还在蹦跳

生活的鲜美

浅浅的，但很真实

那是暴雨之后的傍晚

霞光漫天

三张渔网

披挂着赤红和橘黄的色彩

在河边缓慢收紧

野桃树

田埂尽头，有一棵野桃树
春天的时候
花枝绚丽，仿若
是谁满心欢喜，散发
一身明朗、洁净的气息

而今，无数的果子
正由青转红
等着飞鸟来啄食
叽喳着挑走更甜的一个

你好啊，野桃树
谢谢眷顾
树下这个心碎的人
爱，并深爱

茉莉花

下雨时，刚采摘的茉莉花

卖五六元钱一斤

待天晴，可以卖到八元

下午四五点钟

路上都是骑着摩托车

去卖茉莉花的人

如果你在这人群中

恰好挑走其中的几朵

或是集市散后，你走在

空寂无人的路上

闻到空气中淡淡的香气

你会忽然想起什么

什么就是慈悲的

不可或缺的

大地景象

在刚收割完的稻田间
一辆农耕机停了下来

晚归的人不知去了哪里
四野空旷，被七彩晚霞笼罩

此时，大地深情
成群的白鹭，在其中飞来飞去

有的会奔回唐朝，有的
一头撞入即将偏暗的光线里

第三篇

众生

灯火在山峦间

种子在泥土里

——《冬藏图》

长短句

1

马溪左岸，以曹姓居多
右岸，则多为杜姓
史上两姓曾有过一次械斗
故有很长时间两姓之间不许通婚
有意思的是那些鸡呀鹅呀
往往一溜烟跑到对岸的人家抱窝下蛋

2

而今，马溪不复旧时的老皇历
首创古民居异地搬迁保护新模式
转型为旅游景区，一个即将在时光中
泯灭的村庄活了过来
青瓦白墙在百米落差的岭谷错落排布
一枝梅斜斜地探出雕花木窗
引发了多少人的乡愁

3

其实，马溪是不可写的
它太普通了，以致于走到哪一个小村庄
都会误认为它就是马溪

4

村边水口的大樟树，需要十几个人合抱
屡次失火，屡次活了下来
它的内部已空，成了一个可容纳多人的树洞
由于被火烧过，树壁是黑的
这个几百年都寸步不离马溪的土著
问问它看见了什么
如果，一旦它开口，它会怎样说？

气味

秋天到了，老光棍杜

又和他母亲一起上山摘野柿子

他的母亲牙齿掉光了，嘴唇干瘪

短裤腿下的脚踝骨，突兀地凸着

柿树很高，柿子没剩几个了

他们在竹竿梢头绑上网兜

然后举起竹竿，把网兜套住柿子顺势一拧

枝叶一阵窸窣，熟透的柿子就落进网兜里

如果再落一场霜，秋天就会多了一种气味

嗅之若有，忽又无迹可寻

手工缝纫师

他应该还在那枣树下飞针走线

这个乡下老头，他的一生

在祖传的一枚缝衣针中度过

对襟、马褂、喜服、丧被

每一件，都不可马虎走针

上门做长工，在别人家里

不可大声说话

吃饭七分饱，只夹手边碗里的菜

"要对得起工钱"

他顽固而认真地信守着

这简单、平常的处世法则

他是谦卑的

他出殡时全村老少皆来送行

他和马溪很多他的同辈一样

获得了自己所认同的体面的一生

他的遗像，双目微敛

嘴角下沉，足以关闭岁月的风声

木匠记

木匠赵，有四代家传的木工绝活

他的房前屋后，总停着在打造的各式家什

木头的气味、桐油的气味，油漆的气味

久久挥之不去

多年后有人找到他，他连连叹息

他已没力气干这个活了

这一次，他面带凄惶和悲伤

那时，雾霭慢慢涂蓝了门前的矢车菊

有鸬鸟一动不动，呆立在芦苇杆上

泡桐记

她出生时脸上长了个瘤子

至年长，瘤大垂至颈脖处

她从小就是孩子们的乐趣

被追着骂怪物，但她不恼

远远站在泡桐树下，低头不动

像一朵在春风里低垂着脸的泡桐花

到了上学的年龄，她只能牵着

算命瞎子父亲四处讨生活，有一次

在村口泡桐树下见到她

眼神惊恐地一闪

就垂到了地面

风一吹

她的肩胛上便沾着些许残损的花瓣

她在前面，一根竹竿牵着她的父亲

每走一步，摇一下手中的铃铛

"叮——叮——叮——"

"叮——叮——叮——"

石头记

他捡回了一条命

但后半生都只能坐在轮椅上

他脾气坏，经常咒骂，嘴角流着口涎

酗酒、往狠里打老婆

他一生只喜欢石头这一样东西

他老婆用轮椅推着他到处捡石头

闲时就看见他在瓜棚下拿着刻刀

不停地削、凿、雕，一缕光打在他后背

很奇怪，在那一刻他是温柔的，甚至

是慈悲的

他死后，留下了一屋子的石头

马溪大到天空、田野、人，小到虫鸟花草

都被他网罗到每块石头里

或生动、或繁杂、或清晰、或潦草

当你推开那扇门，灰尘落下来

你看见那些哑巴一样的石头，都有着

栩栩如生的脸谱

青藤篱笆

她坐在篱笆旁哭

拿着一张包裹单，那上面写着

"查无此人"

她的包裹被退了回来，它再也没有收件人

她的丈夫、三个孩子的父亲

出门打工五年，失踪了

现在她只有哭这一件武器

慢慢的她耷拉下了头

像悬挂在篱笆上的一支藤

一寸寸枯萎

夜雾弥漫开来，马溪新的一天结束了

河中水流细小，遇到石头就艰难地拐弯

却没有半点停下的意思

大雪将至

天欲雪

他在村口老屋

死去一个星期后

才被发现

据说，那一年

那个和他有传闻的女子

跳进了马溪河

他就此失常，成了哑巴

多年后，他像

一根南瓜藤，慢慢烂在土里

从此，马溪

最有香艳色彩的风流韵事

平淡地了结了

它模糊地站在河岸

对你说：

"您拨打的往事已是静音"

野史

马溪有一栋百年老屋

木雕石刻，白墙黑瓦

据传，为一望族所造

又传，他的后代

好赌，至潦倒

老屋被变卖

现在，它空置在那里

成为一件古物

那精美的部分

有些已成残垣断壁

门前的老泡桐树杆上

常挂着蛇蜕和蝉壳

午后，阳光打在墙边青苔上

雀鸟从雕花的石廊上飞出

脸谱

石匠、泥瓦匠、木匠、铁匠、篾匠、裁缝……
做豆腐的、制寿枋的、剃头的、杀猪的……

早年他们凭手艺力气吃饭
一招一式一江湖，每件活计都干得专注
而今，各色人等
一张老去的脸，慢慢露出了
石头的原型、木头的原型、泥土的原型……

叙事

在马溪，你遇到
梯田里，播撒油菜籽的女人
已经 72 岁了
72 岁的女人，在 28 岁时失去了她的丈夫
独自带着三个孩子生活

在马溪
梯田里万花齐发，一个女人
手指上粘着草木灰和油菜籽
单薄的影子，落在泥土中
被空蒙山色融化

日常

云雾虚胖，山峰愈见幽蓝

其下，村庄隐隐，偶闻犬吠

山路盘旋，八十多岁的阿公

挑着刚收割的谷，在他的便民小店

如果你要买走他的山货

他会拿出手机微信收款码让你扫一扫

草木记

去往山野的路上

常会遇见一个老人

背着一筐树枝、柴草

每一次，她都微微侧身

让路过的人先行

当被问及姓名或住在哪时

她呜哇着比划着指向远处

那里，山腰中

一间石头房子，若隐若现

是的，那里

除了山岚、一个驼着柴火的老人

什么也没有

除了一只烟囱的黑

什么也没有

果园记

马溪南边，有一个果园

秋天到了，果实成熟

有一部分被采摘为鲜果

还有一些被再加工成农产品

果园的主人

是一个爱写童话的农妇

样貌憨厚，笑声爽朗

如果你来到果园，恰巧遇见她

会听到她和你谈起

果树、山坡上跑着的鸡鸭、羊

还有互联网、种植基地、深加工

那是魔幻现实主义中的另一部童话

少年

紫薇树上有鸟巢
那里卧着麻褐色的蛋
不久之后
孵出两只白头翁

哎呀——
少年人，天地高远
愿你长途辗转
仍会有所觉知，雏鸟出壳
脆鸣声
从浓绿中响起

书生

那个大学生村官

在试验田里

种出了彩色油菜花

玫红、深粉、褐色、乌紫

将马溪的山河重新刷了一遍

春生图

春光正好

卖油纸伞的姑娘

正在作云直播

不断切换的镜头里

溪水清冽，石拱桥边

一树杏花、一树桃

梯田中，油菜花开成花海

一列高铁穿过旷野

如一只银色大鸟疾飞

直播间里

马溪春色，已传至四海八荒

撑着油纸伞的姑娘

过小桥、青石板路

停在斑驳的老墙边，回眸浅笑

夏长图

马溪的山崖上，有一家

星空房民宿，几间木屋在山崖

云雾缭绕时，有如枕在波浪之上

其主人爱讲古，他做过国际海员

跟着一条货轮，漂泊在世界各地

作为马溪走得最远的人

他转身回到这里

每到夜深时，在茶汤的氤氲里

天空高远，繁星密布

躺在露台上，感受到

光芒闪闪，亘古寂静四处弥漫

"像是一种重生……"

秋收图

榨油坊的后面

是一间农家书屋，年轻的女老师

爱在空余时间里细心打理每一本书

她善弹钢琴，音乐学院毕业后

来到马溪中学任教

很多时候，都会看到

年轻的女老师带着一群孩子

在弹奏，琴声如鸟鸣

在稻子熟了的秋天里忽高忽低

冬藏图

马儿回到马厩
红鲤游进深水
谷入仓，鸟归林

村东，有人嫁娶、生子
村西，有人入土，归祖
宴席，有大喜、大悲

更迭有序，世事无常
诸事安稳，岁月如烟
弹回空寂的枝头

灯火在山峦间
种子在泥土里

第四篇

节气

火灶前，一口铁锅

几只白瓷碗，痴痴等着长翅膀的事物

——《小满》

立春

这一日

可效仿古人，郊外踏青祈福

鞭春牛、食春饼、簪春花

也可和父亲们一起

来到田地里，挑走一棵

长得最好的白菜，连根带泥挖出

用红纸条拦腰系好，放上灶台

上香、鞠躬、燃放鞭炮

这一日，万物初始，人世乃新

在古老的仪式和秩序中

风吹来了

带着泥土味的生机以及

荠菜花回到溪头的脚步声

雨水

把土地、青山、小河、谷物

枯枝、泥巢，牛羊吃草的山坡

空出来

空成空旷的样子

直到一场雨的到来

燕呢喃、蝌蚪嬉水

谷粒发芽

花蕾从枝条的爆裂

油菜苗在泥土里萌动

一种美妙的空，被充盈

湿漉漉的、欣欣然的

此消彼长着

等待的日子让人欣喜

春风快递来的好消息

温暖、蓬勃

惊蛰

雷雨后

朝旷野扔一粒野山桃的种子

让顽皮的孩童把几只大白鹅

赶向潺潺小河

此刻

青山震颤，爱意骤浓

多么感谢这明丽的喜悦

在深深的悸动和眩晕中

青山内外

树条抽枝，燕雀飞起

一部春的史诗被重启

春分

把装着选好稻种的箩筐

放进池塘，浸泡

把犁好的水田

再查勘一遍

接下来，播撒

打秧苗

一场农事，有了深沉的序曲

而那些桃、梨、杏、紫云英、油菜花

会把这农耕史中的朴实大野

点染的炫目又庄严

仿佛，每一颗种子

每一朵花蕾里，都有一个盛大的祖国

那些恩慈和情意

青绿的、粉黛的、金黄的……

挟裹着轻雷

清明

正是春意盎然时节

油菜开始结籽

田野里，几个农人在割红花草

也有的在翻耕新地

种上花生

远山隐隐，高低起伏

从这朴素的山水间走过

行人怀古远思

牧童和一个杏花村

以及消逝的先人们

重现心头

之后

电光闪

桐花落了一地白

细雨中，生长和消亡同样从容

藏着一个更阔达的境界

谷雨

桃花雨、杏花雨、青梅雨

青石板湿，青石板滑

播种移苗，掩瓜点豆

穿蓑衣的农人赶着耕牛下了水田

一幅古朴的耕耘图

立体而鲜活

山野间，不时传来布谷鸟的鸣叫

像孤独的巡礼，又如热切的表达

这个时节

春光无垠啊，春光匆忙——

在物候的轮转和孕育里

一只布谷鸟、一条河

在群山间盘旋、流连

携带着来自人类的惊雷与忧戚

立夏

山背后的梯田

插秧的人加快了劳作节奏

青青秧苗，像一团碧绿火把

而没有被锄尽的野草

会在漫长梅雨季里又疯长一遍

鹧鸪声声

那小调，潮湿、透着生殖的气息

小满

红鲤出水
谷物灌浆
枣花引来了蜜蜂
养蜂人备好蜂箱

火灶前，一口铁锅
几只白瓷碗，痴痴等着长翅膀的事物

芒种

豆荚尖尖，高出田垄
青梅煮酒，微醺之意来自洪荒世界

谷物举着锋利的芒
栀子花被雨淋湿

蛙鸣如雷，从北方赶来的族人
眼里噙着前世的泪

夏至

马溪流淌，过了石耳山
栾树的倒影，染绿细小波纹

人世一日比一日滚烫
飘过山顶的七彩云
是一匹祥瑞

最漫长的白日天光中
一只鸢鸟，从山海经里转世
来到马溪边
对着水中的影子，愣了愣神

小暑

木槿对紫薇

一日深，一日浅

黑瓦配炊烟

新米初碓，晨昏有序

铜绿锁月色

光阴的丝线，寸短寸长

知了知了，将一幅黄金的蝉蜕

挂在牧羊人的鞭子上

山河遁世，看着它的族人

或商或耕，无休无止

大暑

萤火飞舞，照汝归家
一条小路，弯曲于星星点点之光

祖母，祖母
坐在槐树下，摇动纺车

萤火离离，落满水塘
棉纱越扯越长，槐花砸向向青天

孩童绕着水塘高声唱
虫儿飞飞
槐花飞飞

立秋

族人呀，请献出你的麂子

族人呀，请献出你的瓜豆

族人呀，请献出你的粗瓷碗

族人呀，请献出你的将士

马溪绕着石耳山又流了一遍

白菜和萝卜

埋首土地，不言不语

处暑

虫鸣、流水声、夜鸟的呜哇声
使得四野更加安静

一朵葵花浮在夜色里
马溪水没有带走它

繁星粒粒，逡巡在苍穹
会告诉凝视它的人
什么是孤独和无垠

白露

棉花白，红薯胖
打枣的姐姐，像一只红嘴鸟

月亮、月亮，爬到高岗
撒落一地碎银

墙角边，一只老旧土瓮
装着五谷，在酿酒

那忽醉的小时光呀
那寂静的孕育，漫长的……

秋分

打谷机轰响，风车转
族人们，忙着收割、播种

推窗，晒簟里晾满
豆子、谷、红辣椒、菜蔬

秋风打开
一幅山河长卷，红的、绿的、黄的……

在这其中
丹桂酿蜜，平分秋色
明月思乡，不问千古事

寒露

洋芋在土里，雁南飞
夜露如霜，白白的
爬上了屋顶

锄头和锣，靠在屋檐
铁器时代、青铜时代蒙着一层灰
族人，把洋芋在电商平台
售卖到万里之外
一个新的元宇宙，在马溪成形

霜降

茶籽黑黑，落进筐
扁担弯弯，挑着族人的欢喜
石磨推，榨油坊飘来茶油香

柿子树，站在旷野里
举着红红的小灯笼
族人，族人，快来晒谷
族人，族人，快来修粮仓

立冬

屋宇建在山坡

红鲤游于老井

马帮的马匹，还未回

挑着的担子晃晃悠悠

茶叶、瓷、竹、木、盐

跟着族人闯天涯

马蹄哒哒

长夜长，青石板路在梦里

一段宽一段窄

被风吹得好远

小雪

天井漏下天光

簸箕里团着腌咸菜

竹竿晾着的被单开出牡丹花

族人们沿着水口

组成十三户人家

此处，山高人声稀

落日悬在山崖

马溪河流出石耳山

途中，有一部分会结冰

大雪

屋檐下一个空空的燕窝

它在等什么

泥烧成瓷，一座废弃古窑

它在等什么

古老的雕花门窗、青砖、麻石

它在等什么

老鹰盘旋，山中竹笋拱土出

它在等什么

不要去问

沉默的猎户、手艺人和大地

冬至

星宿列阵
左青龙、右白虎、后玄武、前朱雀
祖先们，从苍穹回来

八仙桌在厅堂
老旧、脱了漆，香案上方
一幅松鹤延年图、一幅花好月圆图
祖先们，从大雅大俗里回来

石臼里盛着热腾腾的糯米
木杵打呀，打成一团麻糍
放到黄豆粉和黑芝麻里滚一滚
祖先们，从五谷中回来

山谷中、溪水旁
红豆杉树林里，缓缓归——

小寒

马溪河的源头
山峰和屋舍，一大一小

腊梅的老枝绽出几个花骨朵
如一串无字神符，一大一小

青瓦屋顶，冒出了炊烟
族人，披着一身飞雪
将荒芜山径，踩出了咯吱响声
一大一小

大寒

这个时节
小河边
一排栾树落光了叶子
色调沉静，如一幅疏朗的画

霞光中，三个骑摩托车的人
从中穿过

还有什么情意需要表达呢
梯田里，一片油菜幼苗
在萌芽

万物又轮转了一回
还有什么情意需要表达呢

第五篇

田 园

山不动

花落花的

鸟飞鸟的

——《山色》

青绿

雨后，蒲公英和碎米荠菜

爬满河岸

豌豆荚抱紧一个个小小的想法

种番薯的人，不停挥动锄头

不久后，那些肥料和秧苗里

会长出细嫩的根须

山峦与流水，泥土与野菜

有着自我欢喜的样子

隔空传来的斑鸠的叫唤声

一串颤音，拉得长长的

山河之间，那些葱茏、苍翠

碧玉……油油的，通体透亮

早春短札

那夜，从山中归来

如何能写出

一棵野山桃

纷纷开且落

青灯摇曳

若是推窗，即见深崖

雪落在

羊齿植物上

一边重生，一边幻灭

月出春山

夜半，几声春雷
一阵雨
黑暗中，听得见群山的骨头
咯咯震颤

至清晨，鸟鸣嘤嘤
一个月牙儿，呈现淡淡天青色
若有似无

此刻，那蠢蠢欲动的野心呀
就要逃出天外

群山之间

上山途中，奇妙来自

一种暖洋洋的轻快情绪

瞧，多少万年过去了

松、槭、蕨、蓝尾鹊

迎面而来

而在崖边一块山岩上坐久了

一只蓝尾鹊空茫的叫声

着实令人出神

倘若此时有人一身苍翠

从云霞

中钻出来

山下湖泊中群山倒影恍惚

风把进山的路又递了过来

阵雨

白鹭骑在牛背上

枫杨树倒挂着槲蕨

朽木生出木耳

这些雨中的细节，年年相似

却又大不相同

比如，那只白鹭

可能从唐朝飞来，也可能

来自几百年后

而槲蕨在当下活得那么自足

一片葱茏

朽木返青，回到深山

这样的时候，物我两相忘

一部关于马溪的寓言

充满魔幻性、哲学性

当它们从荒野里重现

一阵明亮的雨

越下越大

山中

新笋破土，一天用来新长
一天用来老去

有人来到山中，挖笋摘野菜
也在一片小竹林里静坐

时间应该是忘记了流逝了吧
此时仍有小笋，像那些隐秘的小念头

从泥地里，吭哧吭哧冒出来
春天的群山，更加寂静了

凝视

河岸边，一大片婆婆纳

吸引着你的视线

蓝色花瓣绽开

翠绿的叶片也愈加发亮

在你的注视中

那些蓝，一小朵一小朵

沿着自己独特的路径

点燃着，打开着

寂静中，生命之力自然、蓬勃

含着某种神秘的秩序

这些婆婆纳，是从哪来的呢

在河岸边蔓延着

之前你路过小河边并未

看见过它们

而你的所见

是真实的吗

此刻

风经过了它们，一股
幽蓝电流从根部升腾起来
又顺着哗哗流水
去向
视线不能触及的远方

山色

远看……山鸡椒花

擦亮沉沉峰谷

远听……黄鹂脆鸣

荡漾君心

山不动

花落花的

鸟飞鸟的

远，即空，即亦喜若忧

一种来自

月氏、匈奴、鲜卑、乌孙的远

随物赋形，仿若

峰尖上，浮动几颗粉蓝小星

寂静

傍晚驱车穿过梅树林

湖泊轻晃，虬枝弯向浩渺之境

继续东行，手机铃声空响许久

途中不遇古人、外星人

但闻战争与乌鸦惊飞

此身忽如寄呀

这……不断更迭的元宇宙

露出梅树的

一截枯骨和几个绯红蓓蕾

莲花山

岁末

在深山中走着

把要想的事又想了一遍

全新的陌生的感知

被细雨充盈

身旁，两棵栾树落光了叶子

暗中抱紧双臂

又在毫不知觉中松开

一种辽阔

忽然从针叶林、阔叶林

和灌木丛中

升起来

花瓣状的山峰

打开了孤独的骨架和思想

青莲峰

白云翻滚

群山在树影中忽隐忽现

几棵栾树后，是一片茶园

已是一年中最后的一天了

在无限的时间中

万物擅长清空术

薄雾中

栾树灰褐的枝条和亚麻黄的籽实

将山色晕染成一种灰寂

从高处望下去

满山坡的茶树，错落起伏

都陷入了一种等待

一切，越来越沉静

夕光从绝壁盘旋而上时

万物消隐，古刹的钟声

从雾中响起，一声又一声

虫鸣

在山谷走着

群山的轮廓变得柔软

风中有桂花的香气隐隐飘来

虫鸣声，忽远忽近

此时，可以静静聆听

也可猜想那些唧唧声，应该来自

那棵丹桂树下，或是小溪边

夜色越深，虫鸣声愈浓烈、清晰

虫鸣不断，如同一个怀旧的人

始终跟随着，从一条荒芜的山径

走向另一条

置身其境，的确会感知到

夜晚中的虫鸣有一种神秘的力量

以至于沉寂多年的心

也在应和

发出了好听的噗通噗通声

菜园

茄子开花

丝瓜挂在篱笆旁

玉米叶停着几颗露珠

瓢虫在南瓜上攀爬

此时，生长之力

丰富且新鲜

几个在此开垦的人

埋头松土、锄草

并无交谈

只有蛙鸣四溅

清晰又孤寂

秘境

在你到来之前，彼岸花

已开过数次

一只枯叶蝶，于寂寥中

从庄生的梦里飞到了山腰

而那些临风之石，抱着续史野心

从黑暗处传来千秋微响

当你和它们一同作为一个

奇异的物种

从长长的隧道里被时间吐出来

被辨认、科考，在物我互证的

驳杂链条中

你是谁？

你是谁？

此际，群山连绵，把空空的回音

和沉默悉数交还——

春风十二行

一日春风不至，柴门轻扣，牛羊安宁
大地如一面古铜镜，朦胧而暧昧

二日春风小趋，枯木相逢，老枝发了新芽
雏鸟出壳，唤起桃红一点两点三点

三日春风趔趄，有日出南山，石缝中伸出茸茸苔藓
山腰藤萝已过盛，砍柴人不得不俯下身去

四日春风荡漾，大雨急就，敲打屋顶
蝶儿倾巢而动，隐疾并发

五日春风妖娆，电光闪，心儿着了魔
一片金黄，一片油绿

六日春风酩酊，山川俊朗
且用千种吹拂换此独自沉醉的一回

鸟

它的叫声
很远很远，从山深处传来

圆形的音符，清亮、忧伤
使得它从风声里
区别出来

那时，你停在那里
一再聆听、寻找

但整个山谷空空荡荡
在微风中泛起寂静波纹
除了那空茫的叫声
并没有多余的事物存在

时间仿佛消失了

它存在吗？真实吗？
难道仅仅是
孤寂宇宙中的一个
充满悬念的留白

它就那样遥遥的，仿佛从土里长出来
确切又模糊……

岁月

旷野中有柿子树

几间瓦房，门前堆着柴草

山道和小路蜿蜒

走动着荷锄而归的族人

脸庞粗糙、肩膀 宽厚

水沟旁，晶莹的野莓子

汁液浓稠，以此确证

这里藏着酸酸甜甜的乡愁

山风阵阵，最美莫过于

靠着布满青苔的墙根倾听

一些想法越磨越简单、干净

飞鸟西去，漫长的一生

将在透明的空气中被享用

梯田

坐在岩石上，远眺整个山谷

梯田里

层层油菜花，绚丽的色彩

令你迷醉

不远处，散落着几户人家

隐隐有谈话声传来

你出神地看着这充满奇迹的一切

那时，你确信

万物正长着你喜欢的样子

当暮色渐浓

你对人世的认知和偏爱

呈现一种透明的钢蓝和金黄

翠鸟

见过雨中的翠鸟吗

青蓝的身影

如此鲜亮

在荷花间，飞来飞去

它并不急于鸣叫

向世界表达

这静默中的节制

淋着雨

生起了水雾

沟渠

石斑鱼和蝌蚪

小蟹与虾

出现后又躲进石壁里

狐尾藻在水底

缠住了石头

语言在这里

发出了潺潺的声音

荒地那么大

不妨化身为那个

来此地挑水浇灌的人

弯腰，提桶

然后

朝一旁的菜地走去

下雨的时候

雨点打在芋头叶

和一串扁豆花上

清脆中带着

一丝沙哑

庆幸的是没有人听见它

遗憾的是没有人听见它

荒地中

这小小的庆幸、遗憾

一会儿苍青

一会又变成浅紫

夏夜绘本

卷心菜和萤火虫

仿佛是六百年前的古人

正提灯现身于这弹丸之地

动静之间

萤火离离

片片卷曲的菜叶

蜿蜒交错着

时间的抛物线

一颗空置已久的心

忽紧忽松

荒地美学

一只灰雀

死在蒲公英间

蚂蚁们，围着它转

来踏青的小学生

发现了它

一声惊呼

时至春夏交替

风把蒲公英吹散

跟着一旁铁轨上的货运火车

越走越远

小学生把灰雀埋在土里

蚂蚁，一只又一只

爬成了一条细细的黑线

此地，此地——

世间事和情

总是词不达意

既无动于衷又热泪盈眶

归田园居

1

山色斑斓，岭上多白云
松、竹、柏、樟、杉
金猫、黑鹰、啄木鸟、竹鸡
木莲、油桐花、野枇杷
美人鱼、狐、白露、喜鹊
低头看见自己的影子

2

鱼鳞瀑里住着一条龙，雨后彩虹里
还住着一条龙

来种果园的人，来建养生山庄的人
来发呆观云，来修一缕香烟的人
背影，消失于一抹苍翠里

3

一棵落叶木莲，遗世独立
一秒一秒把自己活成珍稀濒危物

蝉蜕，琥珀一样

深藏自灵魂的万籁俱寂

孑然山中，被古老的时辰

慢慢吃掉

4

月色清澄，陪一只白狐

走在飞蓬缠绕的小径

今夜山中，满腹心事是另一只

身披银光的狐

5

择一地清修

种上豆角、南瓜、茄子、辣椒

炊烟袅袅

满菜园的果蔬生儿育女

待得露水之夜

大可在此和一个多情的山鬼

谈谈聊斋记、虫二记

或是梦中奔月，偏要种豆得瓜

6

马溪河太蓝了

蓝得只适合豢养一只毛边月亮

一条忧郁的美人鱼

7

山中何所有？

山泉如故交，敦厚纯良

一棵红豆杉树下，爱情来过

山色斑斓呵，碧、彤、黛、黧、缟……

照亮晚归人

8

山风与星子对弈，风动心不动

稗子草，茅茅草，狗尾巴草

迎着秋风不停窸窸窣窣

落日与山峰对弈，圆月与黑夜对弈

龙尾砚里的笔墨和山中绝色对弈

皆入混沌之境

9

满山坡的巴茅

在练习对泥土弯腰

明月独坐山顶修禅

晚霞与落日

皆藏猛虎之心

10

此山无所有

惟余皎皎明月千古情迷

11

山峰如莲瓣回环

其下桐溪河、丰坞河和清溪河

潺潺而动

星辰消隐之时，山体独自发光

浅蓝、湛蓝，无涯无际……

12

在梯田、在山谷、在村野

可种豆种稻种日月星辰

此地，多异相

恰好适合在此一无所知深情地活着

第六篇

大河

长河在野，宽窄有度

人声鼎沸，忽密忽疏

——《大河》

择水

流水呀，只有在

深深俯身和凝视中

那牛羊、紫云英、族人

才能将自我拉成满弓

脱离大地

朝天空射出去

古源头

波涛阵阵

一会儿近在枕边

一会儿又远到茫茫天地间

一整夜

都会听到，流水合抱和分支时的

孤独与心跳

一整夜

两条河，替人类经历着万古愁

爱别离

远眺

春日登高阅江

长风送来浩荡波涛声

高处的风和低低流水

交汇，又各奔东西

如果在岸边站久了

肉身会否分化成为

远涉无归期的孤舟

或者追逐波浪的鱼

无数个我

在水中成形

又于风中，随烟波瓦解

惟有大江长流，两岸

青山绵延，云雾缥缈

已逾多个朝代

且观这山河如故

水天一色

皆有万古青绿

重访

请相信
在一条河的内部
万古雄心和粼粼波纹
会在某些时辰重现

也许这就是河流的妙用
静坐在古渡口的人
即将获得一种新的战栗或平静

春深处
几枝山樱，从水面
探出绯红的倒影
被几声灰斑鸠的啼鸣啄破

黎明

要走很远

才能抵达丰坞河

他们在河边举行古老的仪式

为逝去者送行、祈祷

作为大地不可分割的一部分

它日夜在此盘旋

缠绵，它的河道日益变窄

水量减少，丰坞河也在老去

又有多少人

背影从破晓的微风中消失

万物有时

要走很远，才能来到河边

像个深情的人

哭一哭

大河

山谷中，几个
脸盘大小的泉眼，是它的源头
雪峰、冰川、草原、湖泊
山系、森林、动植物
跟随它，在天地间生息轮转

河流万里，从古至今
在其间，出没着
黄皮肤、白皮肤、黑皮肤
这逐水而居的众我
黄河、幼发拉底河、恒河、尼罗河
这不腐的汤汤大水

长河在野，宽窄有度
人声鼎沸，忽密忽疏

湖

枯草丛后

小路尽头

有一个小小的湖

十二月

山野清寂

微风中

湖水愈加清透

像一块祖传的碧玉

那抹无声的碧，热烈的碧

仿佛已经地老天荒

恍惚中，一种

"荒"的忧伤和力

慢慢从地心中溢出来——

黄昏

有倦鸟归巢
叽喳声灌满弧形的天空
也总有大河奔涌，在霞光中
向前，拐弯，一点也没有
停下来的念头

在人世的每一天
你怎样不知疲倦地爱着
鸟鸣和流水，心底洋溢着欢欣
又如何挽留这渐生凉意的暮色
晚风正把奔忙的一生
吹向更空阔的旷野

林中路

细辛在石壁旁开出粉色小花
三个拖着长尾的花瓣，像三颗彗星

埋头种豆的人，磕掉锄头上的土
又在挖好的地里匀下草木灰

如果迷了方向，不妨
跟着小溪走，定会找到人家

归去来

白墙青瓦小院，一排
木槿花篱笆
在其中站久了
未说出的话，都变成了蓓蕾
小院清简，喜鹊在篱笆边
走走停停，木槿喷涌的气息
点亮了暮色

那时，四野空阔
族人在村庄出生、老去
晚霞中
河是一块祖传的琥珀
锁紧万物的身影

表达

小溪旁

枣子熟了，被鸟吃了几颗

还有些滚落到草丛，剩下的

在枝头红着，闪着光

另一边，地里种着的花生

刚刚被挖出，还沾着泥

是时候来到它们中间了

循着鸟鸣和果子

一遍遍倾听、凝视

直到清凉溪水从心里流出

而花生与泥土的味道

会催促你向着更低处

弯腰，俯身

捡拾那不为人知的喜悦

遗忘一点什么

爱着一点什么

母亲将院门一直敞开着

雪下得密了

母亲正将一壶杏花米酒移到火炉上

父亲抱回一捆柴

码在屋檐下

铁壶和火苗的厮磨声

木柴、酸杏、糯米酒的气味

在暗下去的光线中交缠

偶尔，他们俯身交谈

要张贴的年画

祭祀用的香烛

以及院子里一串黄羊的脚印

过了一会

他们的声音就低了下去

只剩下模糊的剪影

隔着窗子

如果你默默盯着他们

像盯着两块颜色渐深的糖

你就会知道

他们是如何挨得那么紧

仿佛被许多甜黏在了一起

如果你恰巧在院里的杏树下

缓缓地坐下来

你就会听见，那一年

父亲大病初愈

母亲在树下给远方的孩子打电话

"趁我和你们父亲还在

都回来吧，把桌子围圆。"

哦，被风吹乱白发的母亲

声音发颤的母亲

此刻，如果你回到马溪

走近这篱笆小院

你将会看见世上所有的父亲母亲

倚门远眺，耐心等候

如果你忍不住热泪盈眶

你还会见

旧时已尽，院门敞开

黄羊头簪杏枝，就要开花

母亲将院门一直敞开着

山水间

1

群山有来历，诸水有渊源
山中住人家，河边炊烟起
其河汤汤，一往而深

一棵樟树，在村口站了 360 年
一颗星于翠微峰没完没了盯着你
一片茶园裹在绿油油的梦里
一只鸟，热烈地忧伤地喊着一个乳名
一个人留下口信：此去莲花山，忘返不须归

2

山色浓稠，倒影中时有斑驳花枝颤动
数棵古樟和苦槠，枝干爬满青苔
是一幅绝色长卷

鸟鸣啄破水面，夕照中

涟漪泛金，也是一幅绝色长卷

3

描摹一条河，笔尖上压着一团火

待到夜静处，半个月亮

爬上河岸边的石埠

还有半个，在山谷的皱褶中漏出微光

是夜深沉，蟋蟀的叫声

来自河水的清凉处

4

入马溪，可见

会埠桥在夕阳中被镀上金身

多少年过去了，仍盘桓在流水之上

保持一颗痴心和善意

因为桥，人们去到了对岸

明月去到青瓦屋顶

云彩去到莲花山，因为桥

货郎去到民国

白鹭去到唐朝

但桥下的流水，已经一去不复还

涟漪、漩涡、水花
隐匿在沉默的梦境中
一阵风吹皱它

5

一只灰鹤，从桥上飞到了桥下
扑闪双翅
一座小村，依山绕水
光阴缓慢

顺河直下，将会遇见着布衣的族人
倒影被流水隐去
他和水中卵石，两岸
滚动的畜群、田园，村落
隐姓埋名，长久守候在这里

6

晴天丽日，白云游弋
从隐秘的蓝里，丝丝缕缕洇开
待云雾散开，能清晰看到
飞瀑直下的纹理
暮晚时，整座山隐在
灰蒙蒙的云雾和青烟里
什么都看不见了
一山空，一山生机勃勃

7

山中，乌桕、青榆、木槿，棠梨

一树葱茏，一树凋敝

河边，一个垂钓的老人，86 岁

如果和他攀谈，他笑而不语

把钓竿上的鱼重新投回了水中

8

青瓦白墙裹在薄雾中

石头墙爬满木莲藤

下面放着农具、瓦罐

河水穿村而过，忽明忽暗

族人掬起河水洗脸，洗墨

洗时间的皱纹

他从山路转身

山边挂着一道彩虹

9

之后，泥土和火，向上生长

山峦静穆，河水如练

凸显于广阔的四野

至此，丘陵和山脉在后退
丝绸、马队、古道、茶叶，诗
在这里继续爱和等待

一条河带着远古、清冽的气味
自顾自地流淌，那时
河水在星光中融化的太快了
它流到哪里
便是一方水土
风生水起的一部分

剩下最后的一部份
凝结成卵石中的秘密花纹
拒绝老化和消弭
它和粒粒星宿、万家灯火，构成
亘古玄妙的图景

缓缓归

山水起伏，藏有典故
山，石耳山，水，马溪水

山孕千峰，河生九曲
镶嵌着炊烟、古道，梯田、马蹄
一如所见
群山有来历，诸水有渊源

青山巍峨，气势汹汹
大河汤汤，凸显于广阔四野
在它们亘古的交集中
临风之石在低声吟唱

一只鹰、一粒盐，一个族群
于静默的影子里生息、轮回
绵延的山脉，向着更高远的远处

大河苍茫，奔腾天地间
盐粒，落到了生活的实处
鹰翅，在自由和飞翔中搏击

大地上，如果遇到
那群低眉垂首的人，神采飞扬的人，
晴耕雨读的人，骑着云彩飞翔的人
请问一问他们深沉的梦和情意

必有马蹄声声，运载瓷器、茶叶，丝绸
必有风，在谷物上建造
此地可爱，山水有灵
于月亮的微光里闪现

余音

一些屋宇，独坐在山顶
等着风，从高处吹过来
还有一部分，匍匐着
在风中变回一堆土

一个离开了很久的族人
披着满身月光的银霜回来
梯田中的稻子、油菜
在四季交换着斑斓色彩

没有不想抓紧泥土的蓬草
没有不会拐弯的河流
没有不愿翱翔的鹰

一座山，聚拢人烟
一条河，把道路一再拉长……

素描

有一个竹排就够了

流水缓慢，想去哪就去哪

有一座石桥就够了

桥身爬满青苔和藤蔓

有一杯绿茶就够了

多少旧事在茶香里散去

有一个门牌就够了

斑驳的铜环在风中轻晃

有一缕炊烟就够了

有一碗野荠菜就够了

河水，钟声，老店铺

青石板路，有一张桃花人面

就够了

那时啊，整个马溪，又温暖又孤独

在河边

去河边，去旷野里

流水清澈，在晚霞中拐弯

一条秋天的河流，路过田野里的

甘蔗、芝麻、稻谷

榨出了大地深处的苦汁，会在

风中慢慢变甜

去河边，去旷野里

等一个涉水而来的邮差

送来一袋草籽和薄霜

古码头和船队早已消失

只有草籽在薄霜上走动的声音

那些人世间小小的欢喜，赞美

孤独而豁达

去河边，去旷野里

收割的族人，从庄稼中

直起身子，挑着沉实的担子
跟着河流回家

秋风吹拂，炊烟起，隐疾和喜悦并发

白马

河水里走出一匹奔马
画纸中，也有一匹

它们跑到一个叫马溪的村庄
停了下来
站在秋风中，等几百年的桂花
落满双肩

画纸上
但闻空茫回音，不见踪影

天空就那样空着

那倒影中

天空就那样空着

无涯无际的样子

真干净

风推着一条白色小船

渡到其中

而枫杨树的新绿光彩

令这种空

变得更为幽深

之上，两条麻石搭成的桥

已横卧了六百年

并持续为这尘世轻盈的部分

加一点重量

等待

南瓜花，是一把

忧郁的铜号

悬垂于土墙边

枯叶蝶飞来

拨弄这沉默的乐器

看不见，墙里边

住着什么样的人家

不如，停下脚步

干脆坐在这里

耐心等着

大事就要发生

天黑之前

南瓜花会吹奏出

秘密的小曲

而枯叶蝶

把那偏执的等待

绘出斑驳花纹

山河长卷

马溪之野

有水如玉

有桥，弯似彩虹

有采药人，背着

一筐落日和药草香

渡江过桥

弃甲而归

在桐木下静坐

给千百年后的"我"

修书一封

然后，用清波

洗一洗蒙尘的马鞍和影子

青山如画，不问千古事

河水长流，有时无声

有时又带着春雷

日落而归

落日又圆又红，光照四野

远处的钟声恰好响起

在这方寸世界里

没有更多的需要了

在此低头耕种的人

懂得土地的恩情

日落后

即使劳作还未结束

请带着露水，还有

一竹篮空心菜

半袋土豆回来

无题

星垂四野，忽闻蛙声
风吹着高岗、大河

打渔人藏好网和船
农耕机播种谷物

多么热烈——
语言不能创造的无字长卷

又如此沉默
山河寂寂，顿生鲲鹏之心

后记　山河长卷

　　长诗集《跟着河流回家》是一部与马溪河有关的长诗，从前期开始准备到实地采写再到创作，前后历经了七年的时间。全诗分为序曲、风物、众生、节气、田园、大河六个篇章。我在其中试图勾勒出一幅即将消失或已经消失的但又在不断新生的河岸人家图景，从而记录下河流之上中国最美乡村的面貌，并为世界提供了一个样本。这部诗集也探索了在乡村振兴与时代发展的大潮中传统村落如何从农耕文明和乡土文化的"民族记忆"里重生的命题并借此彰显新时代焕然一新的乡村风貌。

　　水是万物之源，人类最初的发祥地都选取在一些大河流域。从长江、黄河、澜沧江到尼罗河、底格里斯河、恒河……每一条大河都是人类文明的摇篮。人们择水而居，回归山水的情怀历久弥新。我写的这条河，很小、很普通，它叫马溪。它是一条河的名字，也是一个村庄的名字。

　　马溪这个名字是虚构的，但是一条河一个村庄是真实的。它以婺源篁岭古村为原型。属典型的山居村落，民居围绕水口呈扇形阶梯状错落排布。其生态古朴，有千年古树簇拥，更有万亩梯田叠累，木雕、石雕、砖雕、傩舞等非物质文化遗产以及晒秋、

169

花灯等民俗展示出浓浓的乡村元素。和其他濒临消亡的古村落一样，年轻人外出打工，村子半空心化，徽州古建年久失修、腐烂倒塌。基于此，古村有了几百年历史以来从没有过的为生存求变革的大改革。即对古村进行整体搬迁，空置后的古村，在保留和维护传统徽州明清古建筑风貌的前提下，彻底进行内涵挖掘、文化灌溉，实现古村再造的梦想。这样的一个村落，它的特别应是在于它的生存智慧。首创古民居异地搬迁保护新模式，一个即将在时光中泯灭的村庄长出时代的新芽，集古徽州文化和现代文明于一身。它始终蓄积着变化变革的勇气，把未来的命脉握在自己的手中。

马溪村只是中国千千万万个村落中的一个，这部长诗正是通过马溪村的发展状况，来揭示乡土文明的传承与发展。当马溪被整体搬迁成为一个旅游胜地，当地的居民全部移民到现代化设施较完善的新农村生活后，它以古徽州文化和农耕文明为底蕴，在继承传统上求新。那从屋顶伸出的竹晒簟里晒着满满的果实、庄稼。五颜六色的农作物在黑色屋顶之间重重叠叠。晒秋人家晒的不是景观，而是乡情和殷实的生活。把一盘盘火红的日子端到世界面前。

我用了说书人讲故事的方式来说出它。它的风骨不再是记忆的、已消失的，而是当下的、现代的、可持续的。我在山顶眺望过长河在野，宽窄有度，也在河边凝视过万物的倒影。我为看到的镜像悸动不已。每到三月，部分干涸的河滩，会开出大片紫云英，那绚丽魔幻的色彩，牛羊在其中，人在其中，仿佛要把大地煮沸。而当河水满盈，一切又都变幻为浩荡波浪。隐秘的秩序和生长之力随物赋形。

六个篇章中，我以马溪河为主线，把这个普通而又有典型代表的村庄全貌从古至今及至未来，以生活、风土、节气、民俗民风、人事、土地情怀、生态文明、自然万物等为元素进行描绘，记录。形成一幅驳杂斑斓的图卷。追溯精神家园、乡村记忆、乡愁与文明文化。探究它们转型期的承担以及绵延不绝的期望和理想。其中包括人、农事、乡村礼仪、图腾信仰等人文景观，也包括了广袤的大地、流水淙淙的山野、黄昏时幽静的梯田、牧归孩子满脸的灰尘；晒谷物庄稼的母亲的背影等自然景观……变革后家园远逝的忧伤和重生中的畅想，都将在这里找到源头。

我生活的地方多山、多河流。小镇村落依山傍水。河流蜿蜒而过，推开窗户，便是潺潺流淌的河水。远远望去，古老民居与山水相依相融，如诗如画。我努力写出它们。这无限的版图中，每一种细小的事物、人情、故事、栩栩如生的当下性，从敞开的大地而来，从隐秘的内心而来，带着泥土与心窝的苍凉与温暖。在与时俱进的同时保持了古老的美意。它们凸显的人文背景、地域史记，有普遍性，而我一直在努力抓住和呈现它的个性和差异性。这里面出现的无论是万事万物或者木匠、石匠等等众生相，都是活生生的。所以，我写出的马溪，是非虚构的、现实的、鲜活的。事实上，每一个人心中都有一条马溪。从这里出生，并终将回到这里。最终抵达"怀乡、还乡，心底的暖，在大地之上慢慢地晕染开来"这样一种心境。

每一个作家、诗人都有自己的写作土壤。将根系深入到一片土地上，情动于中但又有打破和跳出去的勇气，从细微之物之处去发现和追寻，向人们提供一个更丰沛和阔达的世界。闪现一盏灯的光芒。从历史的苍茫中找到记忆，于变异的生活中点起理想的灯盏。不再沉湎于牧歌式或挽歌式的人类归宿，而是从土地情怀和田园诗乌托邦理想的终极处，重新出发。在河流拐弯的地方，是无数坚韧而智慧的普通大众生存之根。是农耕史进程中人与人、人与社会、人与自然的和谐交融。

　　时间流逝，山水所赋予人类的无古今。河流、青山、一群人、城、镇、村，生机勃勃，烟火袅袅。这是语言也难以创造的无字长卷。人们在这里生生不息，跟着流水缓缓归。